地球の上で

めだまやき

山崎るり子

わたしが詩を書き始めたのは
四十五歳のときだった

子ども三人が小さかったころは　朝から晩までバタバタと動きっぱなしだった両手。
子どもから手が離れ　ある日しみじみとながめてみたら
「孤独」が載っていたのです。
右手には、家族が減っていくという孤独――
これは犬と遊んだり　友だちとおしゃべりしたりして　やり過ごせるかもしれない。
でも左手の孤独――
私には今なにもない　というあせりは　だれといても埋められない。
どうやって折り合いをつけていけばいいのか。
これからの長い時間を一人で向き合っていけるだろうか。
そんな恐怖のような孤独でした。

「いっしょにパート　どお?」

「カルチャースクール　のぞいてみない?」

友だちが誘ってくれましたが　体力に自信のない私は決心がつかない。

みんなは目標が決まるとオシャレも決まり　さっそうとどんどん遠くへ行ってしまった。

まえがき

ひとりポツンと取り残されたような気がしました。
そんな時　久しぶりに会った友だちが
「近況を書いた手紙のようなものです」
と笑って手渡してくれたのが　コピーしてホッチキスでとめた手作りの詩集。
やさしい言葉が　日々の暮らしを照らしていました。
「返事を書かなきゃ」
私は家に帰ると　キッチンのテーブルの上で、プリントや広告の裏に詩を書き始めたのです。
一年が過ぎたころ女性誌に詩のコーナーをみつけ　一か月に一編は投稿しよう　と決めると
ただ過ぎていた毎日がきゅっと引きしまりました。
こうして浮かんでくる言葉を　ポツラポツラと詩にしていくことで
少しずつ左手の孤独と　上手くつき合えるようになってきました。
このやっかいなもののおかげで　自分の居場所をみつけることができたんだなぁと
今は思います。
詩を書いているあいだ　私は　男の子になったり　猫になったり　雲や風になったりして
遊びます。紙とエンピツさえあれば　自由にどこまでも吹いていけるのです。

山崎るり子

もくじ

1

3

1

こんないい日は

こんないい日は帽子をかぶり
町はずれまで行きたいな
町はずれから町をみて
町に埋もれたはるかな
じぶんの家を思う
いくつも並ぶどれもそっくりの
でも別の家
それからゆっくりもどってくると

家は崩れてもいなくて
燃えてもいなくて
消えてもいなくて
ああよかったなと
喜びたいな

べんとうばこ

四すみが九〇度のごはんのかたまりとおかずらしきもの
型から逆さまにおとされたかたちで
田んぼの畔の端にあった
この大きさは男子高校生のお弁当だ
学校がえりにこっそり捨てたのだな
緑の草のなか　ななめの陽を浴びて
ごはんが白くうかびあがっている

残された弁当箱をうけとって
母親は心配する
何かいやなことがあって
食事がのどをとおらなかったのだろうか
体のぐあいが悪くて食欲がでなかったのだろうか

いやいや　仲間とのつきあいで
購買でパンを買ったのかもしれない
女の子が息子のぶんのお弁当も
つくってきたとか？
それとも…
母親は思いきっていう

「何かあった？
　ぐあいでも悪いの？」

「るっせえなあ　いちいちいちいち」と
彼はいわずにすんだのだ
母親はからっぽの弁当箱を
いつものように洗い、布巾でふきながら
明日のおかずをかんがえている

ごまあえ

台所にたてば
菜をゆすがなくてはなりません
菜をゆすいだら茹でなくてはなりません
台所にたてば
火はほうほう言うし
鍋はじんじんじんじんじん
そこで塩を一つかみ
菜が色よく茹だったら

水に放さなきゃならないし
そろえて絞ったら
切らなきゃならないし

台所にたてば
重ねたお皿はカチャカチャカチャ
湯気やら煙やら
あっちから　こっちから
そらそらゴマがピチパチはねて
アッチチ　鍋つかみ　鍋つかみ
ふきん　すりばち　さいばし　しょうゆ
台所にたったとたんにドミノ倒しがはじまって

ひっかかっている心配事は
こぼれおちそうな悲しみ事は
あとまわしにしなきゃあ　なりません

テーブルに春

キッチンには
すてきなことに水がある
コップもある
キッチンには
うまいことに菜っぱがある
スーパーで買ったおひたし用の菜の花
コップに水を入れ
菜の花を入れる

キッチンには
うれしいことに虫がいない
小鳥もうさぎもいない
コップの葉っぱは
食べられずにすんで
黄色い小さな花が咲く

チョウチョのこない菜の花を
お皿で囲む
お皿にはふわふわのいりタマゴ
ミニトマトふたつ添えてね

名前のない家事

出しっぱなしのこどもの図鑑
パラパラ開けば「めだたない花」のページ
スズメノエンドウ　キツネノマゴ　ウマノスズクサ
（雑草なんて呼ばないでね
　ちゃんと名前があるんだから）
そうだね　わたしも家事のいくつかを
雑事なんて呼ばないで
ちゃんと名前をつけなきゃね

プリントぶんるい　スズメノヒッコシ
ゴミのぶんるい　スルメノキントレ
花びんのみずかえ　ニンギョノギョウズイ
シャンプーつめかえ　キンギョノオマツリ
ネットの買い物増えたので
どんどんたまる段ボール
まとめてオーエス　ムカデノツナヒキ
わっしょいどんどこかたづけて
家族がえんやこら暮らせるように
夜　家事の店じまいをして目をつぶると

めだたない花が次々に咲いていき
小さな風にいつまでも揺れていた

扉

ごはんよお　と朝　階段の下で母親が呼んでいる
冷めてしまうよお　ともう一度
早く食べないと冷めてしまうよ

二階の子どもの部屋はしーんとしたまま
扉は開かない

台所のテーブルの上には

ゆでたブロッコリー
焼きたての目玉焼きと
焼きたてのチーズのせパン
マグカップには　湯気たつコーンスープ

母親は台所と階段の下を行ったり来たりする
早くしないと冷めてしまうのに
パンも卵も冷めてしまうのに
あの子は三日前から学校にいっていない
冷めてしまうのに
学校だって冷めてしまうのに

食事よお　と母親はさけぶ
階段のまん中あたりで
早くしないと何もかもが
冷えてしまう
あの子の人生と
私の人生が冷えてしまう
母親は階段を上がりきり　ドアをたたく

遅れないように
幼稚園に　小学校に　中学校に
遅れないように
友達からも　だれからも
遅れてしまわないように

毎日毎日　朝の食事を
作ってきた

返事はなく
ドアは開かず
母親の声も冷めて

家々からも道路からも
朝のあわただしい時間が消えたころ
子どもはそおっと下りてきて
台所で一人
冷えたスープをすする

チーズは固くなっている
ブロッコリーは乾いている
もう遅れてしまったのだろうか
取り残されてしまったのだろうか
冷たい目玉焼きにフォークを刺すと
かくれていたものが
とろおりと流れだす

雨の日

外は雨　雨の音
んとんとんとんと　ととととと
きゅうりを刻む　刻む音
たたたたたたた　かかかかか
ントントントント　トトトトト
タタタタタタタ　カカカカカ

細くて長いきゅうりが三本
薄い小さな円になって
ボールにいっぱい
塩をいれたら　もんでもんで
ぎ、ゆ、う、　しぼる
ここでちょっと味見
奥歯から脳に響かせて
きゃりきゃり　しゃくしゃく

とととととトトトト　ントントんとんと
きゃりキャリ　しゃくシャク

外は　雨

パパの卵とじ

パパはなんでも卵とじだ
カレーもスブタもキンピラも
あまっていたら卵とじだ
フライパンにのこりものいろいろ
入れてまぜて卵でとじる
朝のおかずは卵とじだ

もういやだぁといっても

聞く耳もたず
うえぇ　何これ　りょうり？
といってもおかまいなしで

ママの仕事がえりのため息も
ぼくの口ぐせの「べっつにー」も
いもうとの夜の「イヤイヤイヤ」も
みんないっしょに卵とじだ

卵でふんわり　ひとまとめにすれば
どうにかなんとかなるんだよと
パパはいう

きっと明日も卵とじだ

あーあ

（でもなぁ　ときどき　おいしいんだ

パパの卵とじ）

波打際

流しの前でとほうにくれる
日が暮れる
私の知ってるある人が
のっしのっしと海をこえ
日に焼けた顔で　大きな仕事をすませているときに
流しでは
北の海の灰色の魚がべったりと
うろこを落としていく

また別の
私の知ってるある人が
新しい土地で　新しい恋人とやり直そうとしているときに
流しでは
南の島の甘いにおいのするくだものが
ぞっくりと種を落としていく
季節はいよいよ雪の下になり
静かにじっとすごさなくてはいけないよと
おばあさんが言っていたのに
流しでは
緑色の野菜がつぎからつぎと
むこう側からやってくるのでにぎやかだ

地球がどんどん折りたたまれて
エプロンの下に隠しておけそうなある日
あたたかいものが手にさわり
よくみれば子ども
街を焼かれて逃げてきたのだと言う
親とはぐれて泣きながら来たのだと言う
両手を皿の形にしてつきだして
そんな小さなものたち
草原を追われたものやら
空をなくしたものやらが
流しの穴から

波にのっておしよせてくる
（握っているものを離して
抱きしめることができるだろうか）

波打際でとほうにくれる
日が暮れる

コードレス

宅配便がもうすぐ　につながれている
今夜は早く帰れるかも　につながれている
夕方五時　身動きできないでいると
いまや時代はコードレスですよ　と掃除機
気分までつながれちゃダメですよ　とアイロン
そうねえ
換気扇回してポットの湯気と一緒に
空まで行っちゃおうか

水道の水勢いよく流して
一緒に海まで行っちゃおうか
世界一周の曲をかけて
エプロンつけたままで

細長い雲になって夕日に染まってみる
カモメになってクジラを追いかけてみる
ああキラキラする
あせいせいする
ややこしい事は家にぜんぶ置き去りにして
どこ吹く風に乗ってどこまでも

〝ピンポーン〟
「あっ、はーーい」

お父さん吐く

「全部吐いちまいな
　楽になるぞ」
と取り調べ室で刑事
犯人はけっけっけっとはずみをつけて
クワッと大きな毛玉を吐いた
「どうだ　すっきりしただろう
　カツ丼食いな」
そんな猫マンガを閉じてお父さん

ふはーーあ、と
毛玉の代わりに大きな息吐いた
〝チンして食べてね〟
メモの横には
ラップのかかった丼
雨の日曜
るすばん　ひとり　お父さん

2

豆

おばあさんは　きのう
明るい縁側で　豆を選った
虫食い豆を　一つ一つ
曲がった指で　つまみだした

おばあさんは　ゆうべ
豆を水に浸した
「もとの自分にもどっていいよ」と言って

ふきんをかぶせた

きょう　おばあさんは
豆の入った鍋を　火にかけて
そっとふたをする
それから近くの椅子にすわり
背もたれに　寄りかかる

お鍋は　ことことことこと
火は　とろとろとろとろ
おばあさんも　とろとろとろとろ

小春日和のひるさがり
おばあさんは
固いものを
やわらかくする仕事を
している

箱

「少しお話をしましょう」
とお医者さんが言いました
「あなたあてにある日　どこからか荷物が届いたとします」
「私に荷物が？
荷物が届くなんてこと　もう何年もなかったです」
とおばあさんは言いました
「小さいの　中くらいの　大きいの
おばあさんに届いた荷物は

どのくらいの大きさにしましょう」
「大きいの」
とおばあさんは答えました
「かかえきれないほどの大きな大きな箱です
ああ　郵便配達の人がもってきてくれるのでしょうか
ハンコはどこへしまったかしら」
とおばあさんはそわそわしました
「小さな小さな荷物が届いたという人がいましたよ」
とお医者さんは言いました
「中には見たこともない種が入っていたということです」
「ああその種はきっと」
とおばあさんは言いました

「見たこともない花を咲かせたのでしょうね
風が吹くたびいい匂いをまき散らして……
どんな実をつけたのでしょう
食べたこともないおいしい実が
次々と枝に下がったのでしょうか」
「中くらいの荷物が届いたと答えた人もいました」
とお医者さんが言いました
「中には靴とドレスが入っていたそうですよ」
「ああそのドレスはきっと」
とおばあさんは言いました
「たっぷりとひだがとってあって
くるくる回ると広がって

綿菓子のようにふうわりと　踊り子を包んだのでしょうね
靴は赤いエナメルでしたか？」
「さぁ」とお医者さんは少し困って　それから
「さて」と本題に入りました
「おばあさんに届いた、大きな大きな箱には
何が入っていましたか？」
「私に届いた大きな大きな箱には」
おばあさんはゆっくりと大きな声でくり返し
箱を開けてのぞくような格好をしました
それからちょっとうれしそうに言いました
「何も入っていません」
「何も入っていない？」

「ええ　何も

なあんにも」

おばあさんは決心したというように　深呼吸を一つすると

どんどんとその箱に入り

ふたを閉めるとそのまんま

もう出てきませんでした

ジャムの瓶

ジャムの瓶にははじめ
ジャムが入っていた
ジャムが終わると
庭の撫子《なでしこ》が生けられた
理科でつかうミジンコを入れたこともある
お釣りの小銭や　取れたボタンが
入っていたこともある
今はラベルの跡もすっかり消えて

からっぽの瓶
ジャムの瓶と呼ばれている
おばあさんがいなくなっても
おばあちゃんの部屋
と呼ばれている部屋がある

ボタン

「いいのいいの」と娘は言うのよ
買ってきた綿のシャツのボタン
上から二つ目が無かったの
いい買い物したって自慢してたのにね
「一番下の取って付け替えてあげようか」
私は言ったのよ　でも娘は
「いいのいいの　ボタンなんか留めないから」って
きょう　着てでかけたんだけどね

なにさボタンの一つや二つって顔でね
ザクッとつかんでババッて着るでしょ
だからかな　着こなしてるってふうで
なんか似合っているのよね　娘に　そのシャツ

ブラウスのボタンをいつものように
一番上まできちんと留めて
その人はとがらせた口で話してくれた

銅像

公園の池に
お酒の缶もったまま
おじさんが落ちた
みんなびっくりしたけれど
バシャバシャバシャバシャ
立ち上がったら　水はひざまでで
やれやれだ　でも
着がえも　冬ものも
夏ものも　おでかけ用も

一度にぬれてしまった
全部　着こんでいたので

お酒の缶もったまま池から
よろよろよろはい上がったおじさん
みんな見なかったふりして
急いでそこから離れたけれど
お酒は水割りになってしまったろう
今夜は冷えこむだろう
ねぐらのベンチは硬いだろう
みんな何も考えないように
忙しいふりして
行ってしまったけれど

忙しくないおじさんは
公園のまんなかの
町の自慢の銅像のよこで
じっと立ったまま
しずくが　ポタポタポタ

夕日にライトアップされて
ずっと立ったまま
しずくが　ポタポタポタ

グラデーション

水がお湯へと　グラデーション
イチゴがジャムへと　グラデーション
七色の野菜が　ビンの中で　グラデーション

うん　ちょうどいい漬かりぐあい
レシピおしえてよ
友だちの家のキッチンで女子会
テーブルの上には　ジャム入り紅茶とピクルス

ねえ聞いて聞いて　実はね
愚痴から自慢話へと　グラデーション
ぴったしパンツがゴムのワイドパンツに　グラデーション
子の心配から　親の心配へと　グラデーション
笑いじょうごだった女の子たち
涙もろいおばさんに　グラデーション

あら大変　もうこんな時間
おじゃましましたぁ
玄関をあければ
西の空がグラデーション

薬

「薬のめるうちが花さ
　死人にゃ薬はださないやね」
おぼんの上のいく種類もの薬をまえに
ためいきついてる女の人に
となりのベッドのおばあさんがいう
「さあさあ　元気だして」
雲がうごいて三階の病室が暗くなる
遠くの木々が風になみうちはじめる
おばあさんは自分の粉薬のふくろをやぶり

窓をあけてさかさまにふる
「元気になあれ　元気になあれ
　街も人も　木も草も」
六人部屋の全員が　窓に近より外をみる
薬をのどにやるように
ほんのすこし雨が降り
雲が行き
午後の陽がななめにさしてくる
窓の下のぬれて光った道を
若者が行く
リュック背中に二人
楽しげに

ふうせん

ふうせん　ふうせん
しぼん　しぼん　しぼん

ピンクは　わたしっ
ミドリで　いいや
キイロで　けんか
なみだの　アオ

ふ　うせん
マゴタチ　カエリ
しぼん　しぼん
　マイニチ　スコシズツ
　　しぼんで　ゆかのうえ

ふ　うせん
ジジが歩くたびゆれる
ふ　うせん
ババはわざとドスドス歩く

しぼん
しぼん
ふ　うせん
しぼん
しぼん
ジジババ

平均寿命

平均寿命より　少しでも
多く生きることができたら
おまけのぶんを　もらってもらおう
お母さんに抱かれたまま
夏の終わりに逝ってしまったあの女の子に
もらってもらおう

たりないぶんは

左どなりのおばあさんからも
右どなりのおばあさんからも
あっち向かいのおばあさんからも
とびっきり上等の時間ばかり集めて
あの子の一生のうしろにくっつけてもらおう
町中のおばあさんの
余分を合わせたら
あの子もおない年になる
ケーキに立てたローソクの火を
いっしょに吹き消そうよ

3

娘とランチ

はたちになった娘です
はたちになった娘です
みなさん娘がはたちです
うれしいな
今日は私が助手席で
二人でランチに行くのです
夕べ北風が吹いて
あやしげな雲を取っ払い

さあ、どうぞどうぞというような
まっ青な空だ
車はぐんぐんスピードあげて
このまま坂を上っていけば
空とハイタッチできそう
私が買ってやったのではない新しい服は
娘を品良くさせて
横顔も背すじもきりりとさせて
みなさん娘がはたちです
ランチのおいしいお店はもうすぐ
本屋を見つけたらその角を右へ
免許取りたての娘は上手なハンドルさばき

すうるりと右へ曲がる
末の娘がはたちになった
ランチはお値打ちなのです
うれしいな

清子さんとハト

とつぜん小枝くわえてやってきたハト
びわの木に巣をつくり卵をかえし
でえでえ　ぽっぽー
照る日も降る日も翼を広げてひなを守った
（大変だねぇ　頑張ってるねぇ）
清子さんは窓の中から毎日何度もハトを見る
ひなはもう巣からはみ出しそうだ

古びた町の小さな家のまん中で　清子さんは毎晩
息子の住む街の天気予報をチェックする
でえでえ　ぼっぼー
ハトはさっさと子を育てあげどこかへ行ってしまい
巣はくずれていき
星の見えない街で息子は
花火をしている子どもと奥さんの横で
にこにことビールを飲んでいる

芋を煮る

タイマーをセットしてぼんやり
鍋のゆげをながめていたら
火の神さまがあらわれた

指一本でピッピだと？
それだけで芋が煮えるんだと？
おかしいではないか
さみしいではないか

炎がなけりゃ　ため息ついても
揺らめくものがないじゃあないか
火の神さまは菜箸をにぎると
舞いを舞いはじめた
ほうらあ　やあなあ
無い薪よ　叫べよ
ああやら　らあなあ
無い炎よ　狂えよ
ほーう　ほーう　ほーう

「ヒーターの加熱が終わりました」
タイマーが告げると

鍋のゆげは落ち着き
神さまも消えてしまった
芋は甘くほっくりと煮えていた

オレンジ

キッチンのテーブルの籠に
こんもりとオレンジ
遠くの国からはるばると
やってきたよオレンジ
オレンジ畑で実をもぐ人も
それを箱に詰める人も
落ちた実を拾う子どもたちも
その実でジャムを煮る人も

オレンジの香りの中で
きっとニコニコしてるよね

籠の中から一つ手にのせ
オレンジ畑の夕暮れを思うよ
そこらじゅうがオレンジ色に染まり
丘の向こうに沈む夕日は
オレンジの香りがする
そんな夕日を手の中で
ころがすよオレンジ

ふくらむ

未来のパンまで食べてしまった
未来のパンの香ばしいかおりまですっかり
楽しんでしまった
月の光がさす床の上で　ふくれたお腹をかかえ
大人たちはみんな　もう寝かかっている

あした子どもたちに渡すパンは　嘘の小麦粉で練ってあって
本物を知っているわたしたちには　あやしくふくれて見えるのだが

子どもたちは食べるだろう
なにも知らないで　「うん　とてもおいしい」といって

小さな手に握らせる小麦の粒は　しいなばかりで
どんなに大切に蒔いても芽が出ない
荒れ果てた麦畑に吹く風は　どこまで高く打ち上げてしまったのか
ガランと青い空からひばりは　いつまで待っても帰ってこない

大人たちが眠る部屋のかたすみで　わたしも体を横にする
あおむけになると　ふくれたお腹が苦しくて
こわいこわい夢を見る

吹いていくと

声援のなかを
走ってくる子どもたちを見たよ
白いテープがその日その子らのゴールだった

木の下で泣いている人を見たよ
青いはっぱを肩に置いても
気づかなかった

枯野を行く旅人に会ったよ
あなたはどこへ行くのかと
旅人は私に聞いた

種を蒔く人に会ったよ
しわ寄った手に種をにぎって
希望を蒔くのだと言った

春の土はやわらかく
もうすぐ雨も降る
緑色の希望を
次の風が見るだろう

目玉焼き

「ああ　どうか子孫が
　みな無事でありますように」と
祖先の人たちが私たちのために祈ったように
今　私たちも祈る
「どうか子孫がみな無事で
　幸せでありますように」と
恐竜が鳥に姿をかえて生きのびているように
私たちの変化も

もうどこかで始まっているかもしれない
みな無事に生きのびて
それぞれの卵を孵《かえ》してほしい
三十万年前からの祈りを抱えながら
地球の上の小さなキッチンで
フライパンに卵を落とす
八月の朝

編集後記

専業主婦だった山崎るり子さんは三人の子育てが終わったころ、孤独に襲われた。
何を目的に生きて行けばいいのか。
友達が人生の駒を前へ進めていくのを見て、焦りばかりが募った。
それが、詩との出会いで変わったのだ。
暮らしを見つめると、そこここに書く材料が見つかった。
台所のテーブルで、新聞広告の裏にせっせと書き留めた。
二冊目の詩集『だいどころ』で、第十八回※「現代詩花椿賞」を受賞した。（※過去の受賞者には谷川俊太郎、大岡信らも名を連ねる）
山崎るり子さんの詩は、日常をていねいに味わう方法を教えてくれる。
小さなできごとに光をあてて、見えていなかったものを浮かび上がらせる。
暮らしは社会と同じ地平にあるから、その視線は家から飛び出して広い世界にも向かう。
例えば朝食の目玉焼きをつくる時、たしかに家の台所に立っているのだけれど
足元のキッチンカーペットの下、
ずっとずっと奥深くに地球のマントルがあることを想像したとたん、
個々の小さな暮らしが地球の未来につながっていることに気づくのだ。

小さい書房　安永則子

山崎るり子

1949年長野県生まれ。
横浜美術短期大学卒。結婚後、愛知県在住。
3人の子育てが一息ついた45歳ころから詩を書き始める。
初めての詩集『おばあさん』が
第2回駿河梅花文学賞を受賞した。
ほかに詩集『だいどころ』で第18回現代詩花椿賞、
『風ぼうぼうぼう』で第45回晩翠賞を受賞。
近年は絵本の仕事も始めている。
(福音館書店 月刊誌こどものとも
『おばけえんはすぐそこです』絵／石黒亜矢子)

初出一覧

「薬」「銅像」「箱」「平均寿命」「豆」初出『おばあさん』（１９９９年思潮社）
「扉」「ごまあえ」「波打際」「ふくらむ」初出『だいどころ』（２０００年思潮社）
「こんないい日は」「ジャムの瓶」初出『家は』（２００２年思潮社）
「吹いていくと」初出『風ぼうぼうぼう』（２００４年思潮社）
既出の詩の一部は、加筆修正しています。
その他は本書のための書き下ろしです。

読者のみなさまへ

日々の暮らしを大切に生きたいという思いをのせて、この詩集の執筆は一年前にスタートしました。パソコンを使わない山崎さんからきれいな字で書かれた原稿が次々届き、毎週のようにやりとりを重ねてようやくまとまりました。そしていよいよ装丁の準備が始まったころ、コロナ禍が勃発しました。通りから人の姿が消え、子どもの声が聞こえなくなり、自分の暮らす町の防災行政無線から「大切な人を守るために外出を控えましょう」と呼びかけられる……誰も想像できなかった日々がやってきました。ウイルスという未知の脅威に突然晒されて、社会には不安と不満が渦巻いています。先行きの不透明さが、それを加速させています。

この混沌の中でどう生きていくか。難題を前に、私たちは全員が当事者になりました。これまでは過去の歴史を振り返って批評する立場でいられたけれど、これからは違う。私たちが歴史の潮目に立ち会うことになったのですから。私たちのとる行動・発する言葉が、後世に残ります。

今の気持ちを忘れないために、最後にもう一編だけ山崎さんに詩作をお願いすると、「朝」という詩が送られてきました。

十年後、数十年後に手にとってくださる未来の読者も想像しながら、本作品を刊行します。

二〇二〇年五月　小さい書房

朝

花が咲いている　いつものように
子どもたちの学校は今日もお休み
鳥が鳴いている　いつものように
私たちはマスクをして離れて歩く
非日常は　突然やってきて
生きていることは特別だって
毎日知らされて
やっとたどりつく夜

キッチンの電気を消して
スリッパを脱ぐ
明日の自分のためにそろえて脱ぐ
明日の朝　ここでスリッパを履き
まずお湯をわかすんだ
新しい朝が　キッチンから始まる
いつものように

地球の上でめだまやき

2020年7月29日　第1刷発行

著　者　山崎るり子

装　画　牧野千穂

装　丁　鈴木千佳子

発行者　安永則子

発行所　小さい書房

〒201-0013

東京都狛江市元和泉2-12-19

Tel&Fax　03-5761-4633

https://chiisaishobo.com/

印　刷　株式会社 精興社

製　本　島田製本株式会社

ISBN　978-4-907474-09-6　C0092